李宗舜
詩集

風夜趕路

序　只有我和我的心知道

陳素芳

當宗舜構思〈烏托邦王國幻滅〉一文時，越洋電話裡劈頭就是：「最後一句想好了。」聽得我大笑。二〇一〇年四月，以整理台灣文學史料著稱的《文訊》雜誌製作了「話神州・憶神州」專題，在台北文壇引起不小的波瀾，幾次文藝場合，有人拿著當年我們的出版品要我簽名、合照，最令我啼笑皆非的是，一位對文壇很有意見的文友說我「隱姓埋名多年，是冒牌的俠女」。青春被召喚，我覺得自己像出土的文物，對宗舜而言，則是真正實現了三十年前在病床邊發下的豪語：「黃昏星已死，李宗舜再生」。自此以後，繆思眷顧，短短三年內出了兩本詩集，與周清嘯、廖雁平出版合集《風依然狂烈》，在二〇一二年開始在臉書上以「五日一詩」持續發表新作，並七易其稿，以〈烏托邦王國幻滅〉為題，正面迎戰過去，寫出從天狼星到神州的歲月。

近年來，宗舜幾乎每年都有一次以上的台灣行，來去匆匆，我們戲稱他CEO（Chief Executive Officer），每次回去，幾乎超重的行囊是書，尤其是詩集。CEO來台，僅存的幾個在台社員與詩社的朋友藉此重聚，話題雖不免「想當年」，更多的是互道近況、發發生活與工作的牢騷，而宗舜的話題總圍繞著市場最冷門的詩而轉，像個好奇的小孩，愛笑，愛發問，別人敷衍的一句話，他可以蹦出這樣的回答：「這可以寫一首詩。」我們批評某人時，識或不識，他都會下這樣的結論：「因為他不會寫詩。」我不禁要懷疑他對人的分類是「詩人」與「非詩人」，他的天真，映照著台北人的犬儒；他的熱情，喚回我們不悔的青春。

•

對詩，宗舜前瞻又後顧，看他新詩集《風夜趕路》中的〈台北——側寫神州詩社〉，時光倒流三十三年，我彷彿還在永和永亨路，正目睹那驚駭的一夜：

廿六日颳起了大浪
拍打在福和橋頭最終漂散
時速席捲了詩壇
候鳥離去無蹤
故人折損星散

故人折損星散，在那一夜之前就已有徵兆。

一九八〇九月，宗舜才大病初癒，就風風火火的忙進忙出，許多重要社員紛紛離社，我大學畢業已一年，擔任神州出版社發行人，每天既擔心家人找上門又害怕他們對我完全放棄。慷慨激昂與茫然無措拉扯，同行的夥伴紛紛脫隊，躊躇滿志其實是走夜路吹口哨為自己壯膽。

二十六日當晚，警總突擊，帶走詩社的「大哥」溫瑞安，創社的重要成員方娥真、黃昏星與廖雁平。神州詩社，一夕崩裂；青春夢醒，再與溫瑞安見面已是八年後。時移事往，我陪著「大哥」到當年社員聚會的金山與石門水庫，也到當年他命名「試劍山莊」的公寓外留影，烽煙已過，情懷猶在，往日卻不可複製，我與故人同遊，正式告別過去——大哥，再見。

《文訊》「話神州．憶神州」專題開啟塵封三十年的往事，昔人舊事一一在紙上重逢，可惜少了英年早逝的周清嘯。宗舜以「因為，沒有遺憾」為過去下注腳，正與〈台北〉組詩中的句子：「我的生命中／充滿了什麼曲調／只有我和我的心知道」遙相唱和。

「只有我和我的心知道」譜自泰戈爾的詩，當年有人唱出第一句，接續的歌聲便四處響起。不知天高地厚的浪莽少年時，我們只覺人生就是文學，就是詩。一廂情願認定詩社才是家，不知有漢，無論魏晉，在自己建構的桃花源逐夢，自覺悲壯，必須藉大聲唱歌才足以澆除心中的塊壘。

戀戀過去瞻望未來，年輕時愛唱的那首歌成了宗舜生命的主旋律。

•

宗舜寫詩，困而學之，一路顛簸。

年少時在同學溫瑞安的鼓勵下，以筆名「黃昏星」與周清嘯從背詩、抄詩到鬥詩，一路從馬來西亞熱帶雨林到四季分明的台北，就像他側寫神州詩社的描述：

五方座談會的烽火再起
懷鄉的筆鋒與繆思共枕
貼上詩牆的字句橫飛
奇文共欣賞，人影騷動

七〇年代中期，「神州詩社」崛起，溫瑞安是精神領袖，火車頭則是副社長黃昏星，他無役不與卻不忘寫作，代表作是〈最後一條街〉。

因政治力介入，「神州詩社」從此在文壇消聲匿跡，身繫囹圄的社長溫瑞安成了受難的悲劇英雄，留下殘局，副社長默默收拾。還記得那年初冬，宗舜陪我去註銷出版社解除發行人身分，寒風中，我內心既釋然又空茫，一切好不真實，唯一的真實是宗舜蠟黃的病容。

七年一覺台北夢，一九八一年宗舜回馬，繆思未到，磨難先招手，在台北罹病的身體未痊癒，工作不順，開德士（編註：計程車）為生，度過八年無詩的日子，好友周清嘯心疼又心酸以詩喟嘆：

而今，握筆的手不再揮灑
改握方向盤，從這一處到那一處
時間都典當給跳躍的計程表
……
三十而立，你竟已向繆思告別！

一九八九年，宗舜重新提筆，一步步找回寫詩的初心，歷經理想幻滅，生活困頓，儘管往昔的古典抒情猶存，更多的視野卻逐漸向現實聚焦，〈詩人的天空〉如此夫子自道：

詩人的天空
是他房間的天花板
和纏結著無數的蜘蛛網
世界在風湧雲動
他卻在網內
編織他的白日夢

而今六十初度，多少大浪打過，不憂不懼，他體會創作的源泉是「生活」，高樓，高樹，高速公路都有詩。他以鄉音與足印重回來時路，紀錄行旅，留住動人的人間風景，為逝者傷懷，也為終身不悔的詩寫作發下豪語：

〈寫到我走〉：

在沒有車軌的鐵路上

在落荒而逃的森林裡
涉水而過的險灘
背棄強光，寫到我走

壯志不減當年，令人動容。

・

泰戈爾「只有我和我的心知道」有這樣的問句：我為什麼守候？我向誰求什麼？宗舜詩祭青春，在風夜趕路，他的守候與祈求應是：繆思時時降臨，詩國之門大開，他永遠是最榮耀的子民。

*陳素芳：現任九歌出版社總編輯。

目次

卷一　鄉音和足印

卷二　啞女

卷三　焦慮的詩

卷四　癸巳年行李

卷五　鹿洞奇觀

卷六　夢碎了

卷七 寫到我走

卷一 鄉音和足印

當記憶移動初夢遠洋
裝載往昔的行囊
從赤道雨林邊陲
芭蕉椰影彎腰
轉身深秋到臺北街角
這一夜刺蝟的寒流
在寬容的外套中流竄

美羅（Bidor）

鴨腿麵漂送一帖記憶
不只流傳了古早一條街
還曾經在青青的美羅河畔
把我的影子自河口彎處
浮木般撈起

雞仔餅壓縮近百年苦澀餡料[1]
把每個人的童年塗鴉顏彩

1 美羅品珍酒樓雞仔餅遠近馳名，當地鴨腿麵也頗受食客歡迎。

從街巷不停的叫賣留住原鄉
到我老家屋簷外，大清早
金山溝那水泵狂射荒野大地[2]
轟隆轟隆至湖底，錫苗黑金
亮眼的從建材堅硬
形如水溝隔著柚木板塊的渠道
由上而下沖走沙石
沉澱了烏黑錫米
連夜間也照射明亮的開採

離開了織夢的原鄉
童年的美羅變成黑白

2 上個世紀的六、七十年代，霹靂州盛產錫礦，俗稱錫米。華商多以傳統「金山溝」開採方式，英商則以較先進的採錫方式，俗稱「鐵船」。

只有一條老街戲院劇照
還記錄著當年，啊當年
一條河未曾流失的光彩

二〇一二年十一月十四日莎阿南

金寶（Kampar）

從上個世紀初或更早
渡船搖擺槳櫓啟航
搖擺到不遠處有山，停駐
在一個多風的小碼頭擱淺

初民的聚居有茅塞棲息
逐建廟延續香火，延續
祈求神明庇護的廟宇[1]

1 先輩南來在河岸的渡口前，落居後必先建廟祈福鄉親平安，是為金寶百年古廟之由來。

開枝散葉那風雨中
有了根部的簸動山岳
開埠以來，滴滴汗水回流
那擱淺的河岸

苦難艱辛締造了創意
用家傳的秘方釀成美食
有賴粉清湯小吃伴隨
在我的少年饑腸轆轆
魚丸米粉帶著遠播的盛名
再步行至大街正中央的矮樓
金陵酒家餐宴，客似雲來
留駐往昔七十年代的烽火

天狼星詩社就地吟詩頌月[2]
深山探險和兄弟結義
空杯議論經典文章，再一杯
大聲朗誦，酒後醉倒的當年

而今行李裝置受傷
許多當年的清夢未完
在光頭山前的大學城
管他明媚風光
東湖和西湖的小小波浪[3]

二〇一二年十一月十五日莎阿南

2　上個世紀七十年代初，天狼星詩社社長溫任平先生住在金寶，彩虹園住家成為聚會重要場所，文學聚會、座談會、唐宋八大家在此進行。金陵酒家是另一聚餐的地點，詩興來時，啤酒空瓶滿桌。

3　拉曼大學座落在金寶光頭山前，校地環繞昔日廢棄的錫礦湖而建，湖光山色，故美其名東湖西湖。

怡保（Ipoh）

三寶洞在人工雕塑中興廟
翻過山脈極樂洞風口
鐘乳石向陽滴水是山泉
江沙路霹靂洞一池蓮花
壁畫連接書法
有張大千揮灑春秋之筆
于右任瘦金一氣呵成的字跡
等你去攀岩，體驗風雨
回想當年

故事在舊街場流失
順滑白咖啡沖泡的方法說起
喝過後連環翻唱的餘韻
還有妙語連珠的比讚
把怡保變成飲食小天地
口碑傳唱中

有如好山好水小桂林
打捫的香柚清甜多汁[1]
童年拜祭神明的上好貢品
綠豆在山泉中長出幼芽
粗圓細嫩只此一家

1　打捫（Tambung），怡保附近盛產香柚的地方。

逐造就風頭十足，遠近馳名
至南方邊城都朗朗上口
到怡保不能忘卻
那一碟欲攬懷抱的芽菜雞

二〇一二年十一月十五日莎阿南

安順（Teluk Intan，原Telok Anson）

回家是美羅途經安順
彎來繞行青蔥綠影小路
年幼仰望至今，身邊環繞
那座永遠的高塔叫大鐘樓於口岸
在沼澤的沿海地標豎起
裝修了許多傾斜的記憶
走進我童年的十八英里[1]

1 我住的新村離安順十八英里，距離美羅八英甲，美羅至安順廿四英里。

有些夢話常常裝在口袋
遺留每日步行中的深夜
走到芭尾就嗅到漂流的香氣
豆沙餅和芝麻香餅的餡皮
剛剛告別爐火
另一邊廂街角排著長龍
繞過古老車站的視線
就是聞名遐邇豬腸粉和DO RE MI熱賣的地點[2]

童年的安順在這裡延伸
鐵塔的窗門因地質緩緩傾斜
當鐘聲響徹十二下

2 安順的香餅和豆沙餅原產地在芭尾，豬腸粉和DO RE MI雜雪也遠近馳名。

過了午夜，空氣中
夢話與心情也隨著再次傾斜

二〇一二年十一月十六日莎阿南

沙白安南（Sabak Bernan）

昔日載客的渡輪無影
從雙向的高架橋頭隱匿
我在此邂逅青春
第一次仰望天籟
流向海風的沙白安南
曲折繞道送到舊居
朵朵白雲停靠
擎住藍天，散發

穿過棕油樹和芭蕉
穿過泥土的蚯蚓
漲潮時草叢游移蛇影
從住處前方急速向河口岸去

那年早晨風潮依舊
自急流的口岸打轉
從邂逅的第一道磚牆
到最後廟會中傳唱
我們的童話時光

二〇一三年二月十日沙白安南

臺北（Taipei）——側寫神州詩社

當記憶移動初夢遠洋
裝載往昔的行囊
從赤道雨林邊陲
芭蕉椰影彎腰
轉身深秋到臺北街角
這一夜刺蝟的寒流
在寬容的外套中流竄

趕在灰暗的風暴中
密密麻麻的小雨
下在密密麻麻的傷口上
鹽份濃烈的南國
鄉愁被凜冽的冷風席捲
裝置於不眠的棉被裡
在記憶遠洋的航站飄揚

1. 羅斯福路三段：相知相遇

過了龍泉街夜市天橋
沈重的腳步搖滾著樂章
遊子的初訪帶動飢腸
一碗牛肉湯麵的能量
足夠懷抱嗓音走入夢鄉

那年十月細雨霏霏
中秋燈火失魂落魄
彷徨在心頭無數雨滴
小巷拐彎處五塊錢香噴噴
滾燙撈起陽春麵的檔口
老闆娘遠遠招手
再來一碗熱湯的呼喚
常迎來她多年廚藝笑顏
把冬天變成熱爐造火
連丹田也開始暖活

遠途投射身影，旅程疲累
鄉音和足印

終在臺北車站轉了彎
沿路順著井字型
陌生街景左顧右盼
館前路繞個彎道，才從
屏東農專北上的風塵僕僕
沒有牽掛行囊，懷中
一張伴隨不捨車票的過客
哼唱一首歌，我的生命中
充滿了什麼曲調
只有我和我的心知道[1]

那些年我們苦讀文本
閱覽滿室書香無盡的長廊

1 「只有我和我的心知道」是昔日在詩社聚會時常傳唱的民歌。

步入彎道小巷四樓
作回家深情的仰望
點評燈明通亮的斗轉星移
五方座談會的烽火再起
懷鄉的筆鋒與繆斯共枕
貼上詩牆的字句橫飛
奇文共欣賞，人影騷動
從披星戴月島嶼多少煙雨
到語音阻礙，綿延半島才出境
抖動的風雲萌生了
飄搖的歌榭舞臺
激辯中，找到了川河出口
滔滔不絕分歧的方向

那首觸動血脈的歌謠
一直被胸懷大志翻唱
只有我和我的心知道
很久以後輾轉到四季皆夏
初陽暖和的清晨
再度撩起童年的狂想
一九七四年，風中雨中
潮濕的街名和盆地，臺北

2. 羅斯福路五段：坦蕩神州

用彩色揮霍年少歲月
天狼星詩刊白色封面
在貧血中茁壯，詩行養生
書法家陳庭詩的勁筆蒼涼

把詩人從同一條寬廣筆直
羅斯福路三段桃酥餅香中
帶著憧憬的雨衣吹送至
景美和木柵路交接口匯集
下著斜坡沿途溪邊小巷
此時，正是，秋涼好天氣

半爿振眉詩牆亮眼
絡繹人影翻騰
跨步七重天習武場門檻
一路江湖的搏鬥
虎虎拳風緊跟著寒流
為雲遊兄弟漫漫長路
尋覓另一處峭壁的出口

熙來攘往的人潮上樓
深夜疲憊的身影下樓
此時溫熱的氣場擁抱一組詞彙
喚醒沈默冬眠的睡獅
為赴一場幻覺的盟誓灑血

3. 木柵指南路：風聲雨聲

走入昔日詩人彈唱心弦：【一剪梅】
劉克莊遙對此岸走來
拍手笑疏狂
一手推倒胡床，酒酣耳熱[2]
在落日長影餘暉的夜風

2 詩中引用劉克莊的詩詞，不敢掠美。

提起豪邁往事
寂寞冬泳的文章

冬天一件薄弱棉襖
擠進空蕩的湖泊廣場
我是洗耳恭聽的群眾
向著高樓頻頻送暖

年少誤闖詩林
這回在山城長夜漫漫
吟詠未曾修飾的詩章
越過了長廊，踏出萬水的千山

走過溪畔依附小橋
流水引進木柵墩柱
夜火從指南宮山上開始點亮
一盞冬季螢火重寫盟約
凝鑄了鋼鐵詩句
神州文集和三三結社
佳話牽動滾筒的熱血
從醉夢溪岸綿延至
辛亥路民宅綠地小山
為那些年戳穿了冰寒
攜手在屋簷下微笑
背著星光取暖

大學城風聲雨聲停住
糾纏著車聲和讀書聲
從指南路另一處爐灶
負載著裊裊香火
延續至遼遠山頭
在那裡儲存暫放

回到試劍山莊燈火通明
木柵星空閃爍
捧紅大夥兒赤身的初心
結伴而行的夢鄉

4. 永和永亨路：幻影初航

是一條河分離兩岸
是一座橋擎天高架
筆直竄升在一張地圖上

在落日的福和橋頭
一條彎曲的馬路
從羅斯福路尾端
銜接公館繞道直航

此時落霞斜線照在
永亨路臨河的岸外

像歸燕心情坦蕩
飛舞在冷清屋簷上

年少再次誤闖詩林
此番在河濱反向
吟詠輕唱，與流水混合
一闋詩的隱喻初稿

一九八〇年秋夜寒光
九月晚風急切
廿六日颳起了大浪[3]
拍打在福和橋頭最終漂散

3 一九八〇年九月二十六日，神州詩社在臺出事，隨後解散。（詳文請參閱拙作《烏托邦幻滅王國》，二〇一二，臺北秀威。

時速席捲了詩壇
候鳥離去無蹤
故人折損星散

當時速的大浪席捲了詩壇
幻影的初航倒退
六載隱埋雪山療傷
集體影形抽離了牢房
在寒風的孤島雲端
背棄回憶的社友追問
黑箱裡徘徊，寸步難移
詩國就在風暴中突圍
流血，等歲月折疊

遙遠的鼓聲感嘆
心中是感嘆

二〇一三年五月十八日莎阿南

歷史走廊

1.

時間走進長廊
時間是老鐘停擺
發條終止啟動
兩個時辰不差分秒
準確，並且依然故我
在圓周相會

2.

停止猜疑
上了練的發條溫順
一聲一聲滴答
又滴答的
從青春的臉蛋
輕盈走過

3.

回家，樓下風雨
鬆開鞋帶之後
雨衣脫下之後

家中燈明等我
時間擁抱著我

4.

風暴捲走禱告
戰地廢墟屹立教堂
時間的手掌
遺棄在地圖上

5.

夜店噴射野火
舞姿引誘愛河
當夜空年輕時
青春縱情揮霍

6.

虛榮十八歲，很風火
曬月亮和寫情詩
青春沒有方向
駛向港口捲起千層浪
童年的綠色搖籃

7.

院外平靜如昔
一聲嬰兒嚎啕
劃破夜空寂寥
助長大地初生之幼苗

8.

生和死，做夢到黎明
今天為昨日擊鼓
明日為來生火葬
一本無字開本
發黃的時間之書

9.

我在熱帶雨林寫詩
走進荒山廟堂冷冽的聖殿
回到澄清廢棄湖畔
照常以不惑的餌餡
向時間垂釣，請安

10.

破碎玻璃落地
和傷心腳踝一起流血
疤痕越是深陷
恐懼，就在原處繼續流竄

11.

時間滴水穿心
清明節下雨
碑石上死者的籍貫
上香呼喚生者
遺忘的乳名

12.

紙屑亂飛
在鬧市，擦肩而過的臉
如枯萎的樹，千萬棵
浮光掠影於暗巷
撕碎一片片的韶光

13.

低飛越過晴空
第一班客機穿梭雲層
抵達多霧的昏昏欲睡機場
是時間的第幾航班
是誰的終點站

14.

螢火蟲閃爍樹上
小舟暗流航向海口
槳櫓遙指星光
在沒有燈塔的晚上

15.

菜市場燈光明亮
大清早把柴米油鹽
醬醋茶單價標籤
從搖擺的通貨膨脹
向常客心臟深處掃描

16.

颳起強風，提名日
浩浩蕩蕩車隊排開
擋住黨魁出訪沿途
在叉路口搖擺
隔離了玻璃窗視線
肖像索取隔夜麵包
影子領取過期糖果
侍者忙亂開門
當眾開腔，他
不屑的吐出一口啖

17.

穿上黑衣，星期五
十三日腥味濃重
五月陰霾飄過投票站
一九六九年變成冬寒
巴生河泛濫成災
枯樹泥漿潑灑道路
槍械鵝嘜河上游掃射
流過積血，紅河
版圖是吉隆坡

18.

四十四年記憶風乾
寫在風雲的二〇一三
投票站人潮湧入黑箱觀看
改朝換代觸發靈感
在暗藏玄機聲勢裡
一片紅潮隱沒
街上激動黑潮搖晃的頭顱
逐往枯乾的河床流散

19.

那年大紅花滿樹嫣紅
國旗的半月微笑

十三個州屬橫條
銜接東西南北大道
跨越邊界的綠化公園
稻穗萌發了初芽成長

20.

倦鳥回巢，穴中無蛋
向下凝視枯萎大樹
一起呼吸著過剩的空氣
自煙灰缸排出

酸質土地吐出新芽
在貧脊屋簷下矮化

21.

走在時代廣場的人群
高樓巨影如魔法
有雲朵的地方沒有樹
這裡是游泳池
放快腳步聞歌起舞
當潮水洶湧而來時
往下就是湮滅，墜落

22.

光影離散
世紀前的鏗鏘化石
隱身於海洋

出入深處珊瑚間
魚蝦清醒逆轉河岸
向著光之所在膜拜

23.

撕掉的日曆是我
看見樹林長大後
一路艱辛走來的閱歷

趕走飛禽的伐木
光禿黃土中取火
埋下引爆世襲的地雷

24.

燈下良宵，夜狗行兇
盛世的警察緊盯
遊行的人群向西排山倒海而去

燈下良宵，烏鴉叫囂
城市的鎮暴隊和鐵絲網
盜取了良民夜歸的通行證

二〇一三年五月十九日莎阿南

相遇——國際詩人節感言

海岸誕生了詩人
快樂自在的詩章
走向落幕的前臺
於人間地獄修煉
重金屬深陷的鋼鐵
成就爐火在天堂遠播

昨日雲霄清夢
尋覓繆斯下落

今天鼓聲怨氣
變成燃燒的煙火

讓下雨的淚
在肩膀滑落
讓澎湃的波濤
流成一條大河

我們同在異邦
毗鄰的屋簷下取暖
當所有的海風
相遇在回航的那一刻

二〇一三年六月六日國際詩人節，莎阿南

閱讀人間

趕路赴約的車子
載著許多忐忑的心事

咖啡茶餐室小報消息
像吹過一陣熱氣
帶走噩耗的葬禮

匆匆腳步在空中
踩踏路過
他們昂揚起飛的天國

夜市像菜市場喧嘩
香脆炸雞排不那麼浪漫的
燭光晚餐

夜店霓虹燈閃爍
瘋狂舞步帶領搖頭
酒精下肚後的鞭炮

夜深如孤獨的螢幕
寫上今世的糖衣
吸吮剩餘搖晃的身體

二〇一三年六月十八日莎阿南

閱讀風火

沿海沼澤腐蝕
紅樹林擎天迎戰
日夜狂飆的風火

風中朗讀海上波濤
驚見森林燃燒大火

有星辰的夜空
摘下月亮掛在樹枝獨賞

夜雨的晚上
和潮水高漲靠著海灘
水中呼喚長大的孩子
用鹽巴阻撓了迎頭的砍伐

二〇一三年六月十八日莎阿南

家傳跨海，砂拉越麵條
特製了爽口清香蛋味
陪伴啞女的手勢比劃
多年守護著麵檔品牌
一起走入她的青春小巷
搖晃的編織
幾許深夜美夢

卷二 啞女

搶救

折返那場遇難大雨
蟲屍浮漲，水深莫測
天空開始變色，黑幕
灰濛濛一路席捲
臨海低濕泥土流失
大聲呼叫震盪的母體
不見底的深陷馬路
與屋簷的避風港

日夜水路煎熬
氾濫成閃電災難

二〇一二年十一月二十五日莎阿南

候診室

人潮坐立不安
擴散了音箱播報的符碼
就診醫師的長嘆
筆劃和針孔分離
藥丸溶解了愁眉
生者等待更長的死期

候診室白衣裝扮天使
笑容落入黃昏和黑夜

她的夢遊刺滿針線
她的手掌貧血

二〇一二年十一月二十八日莎阿南

拔牙以後

拔牙以後
很想大聲吶喊
用痲痺的方式
連同疤痕傷口
忍痛割愛
一輩子都在搖晃的
煙雨往事

迎接死亡逃獄的風聲
只有假牙
兀自竊竊私語

二〇一二年十一月二十九日莎阿南

寫給曹雪芹

在百萬字裡行走糾纏
曹雪芹經典了林黛玉
夢幻和惋惜的死神
在最初含苞待放的梅蘭葉瓣
尋覓今生家屬出處。紅樓輝煌
時間飛躍屋瓦磚牆，書頁因
大觀園出入有些生死情節
清澈而憂患

時光掃描
到八十回才有轉折
另一生命樂章的
花開又花落

二〇一二年十二月一日莎阿南

啞女

家傳跨海，砂拉越麵條
特製了爽口清香蛋味
陪伴啞女的手勢比劃
多年守護著麵檔品牌
一起走入她的青春小巷
搖晃的編織
幾許深夜美夢

日子在空白無聲中
渡過空白的下弦月
在流暢的手語交換
生疏的措手不及，手語
為讀音的傳播世界
留下空白

二〇一二年十二月五日八打靈

盟誓

那是一場夢魇
氾濫的雨季淹沒
豪宅屋頂的避雷針

趕赴這場風雨
生與死的盟誓
車窗外滂沱灑淚
當影子匆匆交錯
歌者隨後聲嘶力竭

移動一幕幕
異乎尋常的歷史畫面

舞臺幕後刀槍鏗鏘
綵排一場演出的角本
在這場風暴中
受災的豪宅避雷針淹沒
閃電雷霆狂擊
打在漂流的浮木上
短暫災難卻屍橫遍野

二〇一二年十二月六日莎阿南

等待

清晨寧靜
遠處又有車聲
如一陣強風急馳
在未知的陰晴趕路

此時巧遇禱告
擴音器聲浪伴隨車速
在一個轉角處消失

蟲蟻開始尋覓甜食
鳥雀屋簷交友寒暄
綠葉等待蜜蜂展翅微笑
朝露滴下乾燥大地
等待陽光普照的明天

二〇一二年十二月四日莎阿南

郊遊

清晨準備了遠行餐飲
郊遊的話題導航了綠蔭
車子盛裝張望的臉孔
走向幽靜的晨曦中

遠途上山
斜坡綠草金光
旭日一輪紅霞
把甦醒後的山谷

照耀得碧水盪漾
大地深藍，白雲
自山腰悠揚飄過

遠行餐飲向清晨道別
綠蔭導航了郊遊的話題
張望的臉孔探向無窮無盡
窗外的晨曦中
一片幽靜

二〇一二年十二月八日八打靈

家書

舊報紙堆中走出
一張發黃照片
速度向前跨越了時間

掏空了想說的細節
剩下是滴水的清淚
如果我們還有閒適
更多明天細語的餐點

家書寫到中途
城市忽然停電
摸黑紙筆無言

無法快遞的家書
封存了厚厚的積血

二〇一二年十二月九日莎阿南

相約

假日在吉隆坡聚首
茨廠街人潮湧動
同鄉搭肩迎風敘舊
好擁堵的一座城池

神色凝重的氣流
潑向沒有景象的日曬雨淋
侃侃而談在蔓延回憶
錯覺中有高樓

像第二故鄉的拱橋
在前方豎起

二〇一二年十二月九日莎阿南

電視

在連續劇中追看
編導和演員
光影佈滿種種
世間的喜怒哀樂

中午長街寂寥
唯獨出租光碟商店
人潮和影片熱鬧

擴音器武打刀光血影
鼓陣威脅著脆弱的耳膜

另一天海鮮晚餐之後
走進電視機的魚霞
舉目灼傷怒視著我

二〇一二年十二月十一日莎阿南

焦慮是緊抱六弦琴
沒有一絲撥弄弦線
有意成為百年抽搐著
最感動心跳的歌曲

焦慮是寫詩心碎
殘疾走路心碎
伴隨的影子也心碎

卷三 焦慮的詩

焦慮的詩

焦慮是心口發麻
拔不掉的幾顆蛀牙

焦慮是雜音到處流竄
濁水中翻滾的田野高唱

焦慮是每天定時
向流失的土地降雨
上億的淚滴不曾因風

改變速度和
翻覆的殘骸處處

焦慮是緊抱六弦琴
沒有一絲撥弄弦線
有意成為百年抽搐著
最感動心跳的歌曲

焦慮是寫詩心碎
殘疾走路心碎
伴隨的影子也心碎

二〇一二年十二月十四日莎阿南

夕陽

夕陽向枯樹海風
飛船般滑落
散發那道餘暉
從雲飛的視線
迅速在一片光影
璀璨中作最後掃射

陰暗的長空
上弦月移居山頭枯枝

在遠遠的燈柱上
照明了夜火

二〇一二年十二月十四日莎阿南

說故事者

故事裡的起伏跌宕
是他自鄉間走到
多個舞臺
長袖善舞表演的空間

故事裡的生老病死
是他自人海走到
深夜孤島
疾書命理變幻的人間

故事裡的愛情章節
是他自不夜城市
醉生夢死
平添幾許惆悵的房間

故事裡遺憾的雲雨
是他自虛擬畫面
迅如風球
翻唱浩如煙海的世間

故事咀嚼著故事
苦澀甘甜的起伏
故事永遠牽掛著
敘事者與聽眾的疑惑

二〇一二年十二月十六日莎阿南

末日

陣亡前禽獸爬上屋頂
臨別前對著蒼天無言
泣不成聲的影片
在雲彩間
一條路殷勤導航
向狂風的末日奔走過去

站在落花的枯樹下
衣衫襤褸的乞丐
向狂風的末日奔走過去

殘缺不全的悲情土地
向空氣哀悼的屍體
全部埋葬在
腐蝕的深坑裡

二〇一二年十二月二十日莎阿南，冬至前

冬至

成長在湯圓的回憶
紅色喜氣沖淡了
憂慮青春年華的夢境
寫下長長一串無奈詩句
風雨同舟的綿綿細語

一年節慶清晨
大步向窗簾靠攏
伴隨屋簷落下的雨滴

總記得童年想看的玩具
來不及私下珍藏
風雨之後
又是風雨

二〇一二年十二月二十一日冬至，莎阿南

逆風行駛

在狂奔中逆風行駛
擒拿飛逝的山水
一飲而空

消融的霧氣開始蒸發
留下的攝影走入鏡頭
在雲遊四海的半生
他以巨石寫成落拓碑林

紅樹林靠著沼澤海岸
枯枝苦撐流失的黃土

記憶在寄發的長信
寫成遍體鱗傷的祭文
向逆風行駛那巨像
最後告別

二〇一二年十二月二十四日莎阿南

重新點火

總是彎路盡頭
還有一束逆風稻草
彎腰後筆直如擎天
飄揚著旗幟的骨幹

總是黑夜有火
從此刻延燒到末日
以鋼筋的水泥
獨攬天地一片風火

總是有些語音失落
在明天更多金色海灘
開始重新點火
遺棄眾多貝殼拾起
連體的記憶
從此刻停留到日落

二〇一二年十二月二十五日莎阿南

人禍

灰塵積滿年歲
風扇吹走熱氣
迎來這季節水患
狂雨的傷痕
從每個泥印記號延伸
散落在寂靜的清晨裡

當水位淹沒了地平線
高腳屋櫥窗的家居

夜色於霉雨中洗臉
從上個世紀轉移視角
雷厲風行的水災
怒目橫掃過半島
再無燈塔可依
俘虜了心中的幻景

二〇一二年十二月二十六日莎阿南

裝修

紊亂雜物中
揀拾許多欲棄還留
歲月包裹的舊衣
一些喜歡深夜對視
喋喋不休的陳年傢俱

裝修的手換上新漆
瓷面地磚亮在心頭
許多過去餐風飲露

飄蕩的日子
陪伴在牆角如影隨行

一隻蝴蝶撲向黝黑
微亮的窗戶
一扇門靜靜開在眼前
另一扇門背對著光線
等待歸人深宵入睡

二〇一二年十二月二十七日莎阿南

記住你的微笑

常常不經意轉身
口中哼唱抒情曲子
從妳的眉眼挑逗陽光
記住妳微微的淺笑

日子像磨刀
消耗尖利的鋒芒
從出發折騰苦旅
寄回瀟灑滿懷的祝願

常常不經意想起
湮沒塵土許多故事
當風起的時候
記住你淺淺的微笑

起哄的眾神向著陰暗
流產的時裝背井離鄉
有些燈光繞道投影
進駐起伏跌宕的悠悠
那一段銀白的時光隧道

二〇一二年十二月二十八日莎阿南

取暖——遙祝劉正偉兄慶生不忘母難，十月我們迎接風車

桃園機場第二航廈
暖氣在路上飛過等我
出閘後是海邊
豎起仰天長嘯的發電風車
等待兩個異地過客
狂呼的海風中經過

等風停歇已是另一碼頭
沿岸海鮮黃金魚丸湯

兩大碗熱鍋裡的滾燙
在桌上成為吾等
共同取暖的晚餐

二〇一二年十二月二日莎阿南

兩岸燈火——紀念1978年我和周清嘯在臺出版第一本詩合集

春日溫婉招手
流轉臺北高樓天臺
從車聲響徹雲霄
綠樹成蔭吟唱
午後朗朗的詩句

陽光擦亮窗戶
顏色在晴天寫下

錯覺的風景
藍底封面高柱掛上
點亮兩岸燈火
一首完稿的詩

二〇一三年元月五日莎阿南

命途——遙寄方娥真

她的命途風動雲湧
投奔今日的都會，在海口
從過去狂草
現在蕭條的風雨
停留給將來爐火盛雪

在風暴中緊緊擁抱
一隻撲火的蝴蝶

依附窗戶的空白
填寫靜夜的清音

她回眸從容之瞬間
一盞燈發黃
閃爍留戀

揮別長長的昨日
一處跌宕起伏
長河流動，獨居的身影

告別繆斯時
擒拿港都的夜火
遷移過多熱血脈搏
向晚霞招魂的燈前

遙對蒼穹，遍尋
高山流水弦斷的音容

二〇一三年一月十六日博特拉再也

旅程——遙寄李信

常用雨林微笑歡迎你
熱帶獨步興學的殿堂
從文字的影形仰望
倏忽二十年光景恍如
昨日起程的星辰
跨過銀河系巨影
千里煙波轉身埔里
一座校門立於奔赴的搖籃

從半島蔚藍邊城
邁向魚米的北鄉

沿途追逐著路標和綠蔭
中途回望不僅是錯過風景岸邊
我們踩在星夜的長城
填寫下一次未知的旅程

在島與半島的山腰
在校園裡追捕
一長串不眠的歌謠

二〇一三年三月九日莎阿南

心跳的香江

——遙寄魏志憲與林怡君

1.

雙眼凝視著臂彎
那長髮垂向天河
溫婉三月，期待勾勒的雙手
無盡月光流過她的眼角
一個無始又到有終的凝望
在雨聲掉進怦然心跳的香江

2.

在大安，擦肩而過的風
當愛河自冬夜變成春色
請以手和心的溫存
迎接七彩璀璨的煙花
在六月，永遠的情人節

二〇一三年三月十六日莎阿南

心事和歌聲裝滿
回家超重的行李
好似一路滾動著歸程
在每次回頭的剎那
已經告別青春，昨夜風雨

卷四

癸巳年行李

癸巳年行李——寫一首癸巳年的詩，與天下人共度農曆蛇年

心事和歌聲裝滿
回家超重的行李
好似一路滾動著歸程
在每次回頭的剎那
已經告別青春，昨夜風雨

啟發家門狂草的春聯
對視蛇形彩炮
喜笑載滿家人

寫下開年第一首詩：
平靜如雷
安康賜福
滿地紅是紙片
團聚胸懷的湯圓
如母親拿手菜譜
窩火慢熱，保溫

二〇一三年二月八日除夕前，莎阿南

蛇年狂想曲

癸巳大年初五，蛇運通天
從童年茅草涼風堆砌
滑身遊走成規律浪形
穿梭於飛禽鳥語間
雌雄黑白雙蛇在陰暗處幽會
為新歲之美交配了忌諱：
初生之始，天干地支
運程之旺，蛇頭龍尾

牠以為冷血誕生
從黑變白的週期調換新皮
在風鈴招魂聲中
是取悅於大地，順耳於芳鄰
是沿海的沼澤
在大雨滂沱中洪荒湮沒，感動神明

是泥地一路蛇形變成高速通道
是狂風一路吹襲熱帶雨林
側身聆聽屹立如山
用敏銳的尾巴
探測排山倒海的敵情

是風聲可以充耳不聽
是草浪結盟重重覆蓋
流落在熱帶雨林
在詩的味覺年輕
在落日的胚胎尚未成形
玫瑰蓓蕾紅塵綻放
用海水的禱告
陪我暗處更換新皮
埋葬我的舊衣

二〇一三年二月十四日癸巳大年初五，莎阿南

大風

鄉音在大海旋轉
投身千萬大風深邃倒影中
從內心燃起之聖火
傳遞到陸橋青青河畔
是一起延伸的碼頭
也是南渡赤腳的彼岸
滿架子不合時宜舊衣服
永恆的邊城風沙
戳穿夢魂中深棕色的印記

當落葉歸根向墓地埋沒
冥冥中有風捲起大浪
趕來吹送一地綠化
初民塵染的新生草色

二〇一三年二月二十三日莎阿南

元宵節

與疾飛浩瀚的大氣
在不眠燈下對視
菊黃如昔，拼湊了一張地圖
在掩卷沈寂的清晨
一處流水，發自
五線譜外的音符

舒緩了熱氣雨水，元宵節
有羊群掛起了草地遼闊

一連串幸福的風鈴在綠葉滑落
從初識愛河舞臺角色傳說
展示了田野無盡的寂寞

節慶啣著油膩喜糖
向消遙成了明日告別
自山峰高處花香鳥語相會
視角觸動，一望無垠的山河

二〇一三年二月二十四日元宵節，莎阿南

星宿

回程錯過了來時晴空
星宿的垂釣
從容地繞道湖邊
魚群若即若離像在返鄉
螢火蟲閃爍停靠兩岸
細雨霏霏，在四方兀自下著

火熱起來在初戀燈旁
一條河恆在下游激昂

終歸要恢復長夜漫漫
那遲了一整個世紀，焦慮成全
多種形狀的洶湧大浪
最後還得濱海沿路尋索
綠野遍地花瓣，是遲疑
草原上抖動的感傷

二〇一二年三月五日莎阿南

遺書（癸巳年珍藏版）

一張空白的紙
填寫無助的字
在空白的衣服

祖籍廣東揭西
生殖器出世就有夢土
落日在廂房暗處

給他餅乾和水，木瓜牛奶
給他獨木橋的曾經滄海
給他最粗的鹽

風停止吹噓
心思伴奏和弦
歌詞從親吻的臉上，消失

二〇一三年三月二十二日莎阿南

一把火——三月三十一日瓜拉美金掃墓，寫給母親

墳地清晨呼喚清明節
早風吹響
三柱香靠攏紅蠟燭
冥紙狂烈燃燒那團火
燒焦一顆顆渴慕，絕跡
流連於往昔的丹心

是寫不宗的字，在墓穴
不識字的母親

常常雨中叮嚀
賜給我來世
相逢順口成章的詩

二〇一三年三月三十一日莎阿南

父親——三月三十一日瓜拉美金掃墓，翌日寫給父親

形影模糊，夢幻中
年少大海飄揚，散髮如初
屹立南度遠洋的那艘貨輪
不敢回頭北望，艙板上
寫給海水一封長信
寄不到彼岸的家屬
族裔切身叮嚀
晝夜披上襤褸的，唯一
母親淚珠修補的風衣

黑影樹林，踏上厚實泥地
我的夢開始和雜草同生
深深靠近這片荒蕪
汗水就深植允諾的風土

我的夢開始萌芽
陋室樑柱支撐那幢
風吹雨打的木屋
在雨季暴虐和旱田塵沙
守候著期盼

你的夢卻堆積成
我面前的一抔黃土

和母親同在
和我未曾見面的你
同在

二〇一三年四月一日莎阿南

仰望——寫給在森林陣亡的父親

兒時仰望那座高山
媽說父親在森林裡遇難
在我久住的家鄉
成為我
久久的感嘆

深夜兀自緊抱枕頭
對著回頭迎來的骷髏
埋首痛哭的夢語
枯澀的你拍拍我的掌心

把要說的
都留給了山川大河
成了我
再次的仰望高山

父親留下一條血路給我
從我仰望山頭開始流過
流到彎曲的美羅河
流到日夜澎湃的湖畔
持續的翻轉流蕩
那葬禮和蔓草叢生
堆滿黃土高低墓園
屹立如掏滿的星火

二〇一三年六日十六日父親節，莎阿南

選擇——寫在即將出版的詩選感言

詩歌雨中停止感傷
兩岸深宵熄滅
我們當年的燈火
詩人推窗昂揚望遠
天空悄悄隱沒
昔日開窗見月的雲朵
如果穿梭的風靜坐
騷動了江湖野火
從此雲端不再染色

詩集多處留白發黃
在付梓溫潤紙頁間
留住往昔潑灑的濃墨

二〇一三年五月二十三日莎阿南

深宵夜靜——遙寄風客和我們以前的詩社

自古文人水火相親
沙漠地帶長出綠野方舟
乾枯伐木，努力共勉
以對昔日初心靠攏
詩意連帶甚濃

想當初，美羅年少，七君子
金寶天狼星詩社的光頭山
華燈繞道初上

臺北神州詩社的風
滿座衣冠似雪
而如今，故人七零八索
是我們的夢枯萎了，還是……

深宵夜靜，獨有
清醒長河之影
在你的晚安尚未問候前
我的清早詩潮
當與兄齊燒，入夢
燃放不滅的煙火

二〇一三年五月二十八日八打靈

仰望的燈火——驚聞高雄醫學大學大馬醫科實習生跳樓自盡輕生，無奈及惋惜

懷胎十月生母
抱著呱呱墜地嬰孩
餐風飲露穿著破鞋
把你送到高雄，唸著
懸壺濟世的實習醫師

男更衣室縱火
資訊室傷人

衝上七樓，噢不是
從風口的六樓跳下去

你在想什麼？

一個問號重複著問號
那灘血熄滅了燃燒的心火

一個問號重複著問號
有誰能安撫邊城
那一群仰望的燈火

二〇一三年五月三十一日八打靈

為這長程尋根做出航海
啟動遠洋無期的初探

二〇一三年二月十七日莎阿南

閱覽

海景席捲臉上皺紋
炎熱午後樹影無風
歷史開拓了閱覽的封面，斑駁留痕
在最隱蔽處
連同故事音符消失

如果有雨，給他風衣
從鳥瞰的山崗毅然躍下
擎住大傘瀟灑擋風

遮雨的綠地平原
當雨撒向大洋的愛慕
炎熱的黃金海岸
起兵，搖旗，興風作浪

二〇一三年四月四日莎阿南

風夜趕路

風夜趕路，水道深遠
螢火蟲借去星光
流失在千里外荒漠
一盞燈剛亮，微醺
裝滿了濃郁行色
旅人的衣衫

摘錄一路樹影婆娑
更變出航擬訂的行程
每當休旅車途經的山道

像一條河逆流的時速
早已描繪了圖樣
在他風夜啟程的方向
便有一處轉彎後勝景
像峰巒高低擋住了視線

當他驀然回首，停在
順著方舟逆流的航道
一條尾隨搖櫓的河魚
欣然躍起
銜著疲憊的行囊
和他一起回到水鄉

二〇一三年四月六日莎阿南

雨點

雨點滑出高樹陽臺
小屋落葉枯瘦
迴盪窗前
一條小河流去，轉彎
山水潺潺，有漸明陽光
夾帶細細鳥鳴
沈思在那清脆大地
在探索的行李中

竊走了時刻煩囂的車站
撫平了胸懷急促的長嘯

二〇一三年四月二十日慕魯國家公園渡假村二〇九室陽臺前

鹿洞奇觀——這裡有三百萬隻蝙蝠，於晴朗的下午五點半，從鹿洞穴口齊聚飛了出來。

這條河道命途多舛
堅固擠壓著化石
淪為記憶的網絡
乳名在岩洞上層留痕
順著億年陽光和滴水
一起風化和上升，同步忘我

在世界最長的深淵裡
旅者感嘆和呼吸間

那犀鳥發出鏗鏘金屬
有公公之聲從叢林迴旋
也有蛙鳴清脆入耳
無數禽獸高飛又穿梭
低溫的雨林結黨
組成陣營，大群蝙蝠出征
三百萬大軍陸續出洞
蚊蟲在濕地絕跡
晴朗午後掀翻了天色奇景
在鹿洞峭壁山後
數十次的隊形操練
瞬間藍天一幕潑墨
嘆為觀止自洞口

映入露臺，那群初訪者的眼簾

逐高飛消失於覓食的樹林
啣著八克蚊蟲的飢腸
午時晴朗結伴高峰閃過
凌晨五時溫飽回巢
於晝夜分明之時光隧道
濕氣的岩壁原住養顏
守護著光年熱帶雨林
黑影神話洞穴的入口
再來一次野林綠帶循環

慕魯國家公園蟬聲不絕
高腳屋在渡假村沼澤建起

條川流不息
永世流轉的江河
逆風行舟

也有數萬年生命的骨髓
被標記在崖壁的河道上
海底礦物逐年上升
風化了岩壁的色彩
也風化每個旅人剛剛抵步
踩在階梯板上驚心
嘖嘖稱奇，滴水的仰望

二〇一三年四月二十一日慕魯國家公園二〇九室

小河航道

逆向淺色水道轉折
涼風擁抱閃亮金光
川流不息雨林河岸
岩壁午後更迭原貌

一段遠離喧鬧旅途
從風的出口
引動著躍躍欲試腳跟
向探索奇巖和清水

扁長狹小木舟帶路
停靠在原住民的碼頭

長屋向著河口，有獵場
手工藝品擺架的滿目
於凝眸的眼球視聽感覺
眾生喧嘩，有奇景攝入
在攀登高山洞壁之前

小河航道在數萬年前
細水的小小波濤
引人走入深山野外
一處世外桃園在慕魯

行人踏遍億年的光纖
仰天向著國家公園

二〇一三年五月二十二日慕魯國家公園之旅補遺，莎阿南

鹿島和岩壁

涉足一座高山之仰望
涉水無數河山和橋樑
登山隊伍雨衣陪伴步履
經過搖晃的拱橋

熱血在雨林中流轉
接近山巒有霧靄初探
小路銜接天橋
有鹿群在遙遠的世代

循著鹽酸涉險上山
覓食大洞的風口
從此絕跡於岩壁
沒有鹿群，只剩下
三百萬隻出洞的蝙蝠

四月有探險細胞
順著清澈窄狹河道
逆流到那座大山
沿線導覽鹿洞的奇觀
有萬年長河迫壓岩岸
成就今天仰望的高山

二〇一三年五月三十一日慕魯洞國家公園之旅補遺，莎阿南

四月

四月走進雨林終站
四月踏上國家公園的航班
無窮的流川濕地
世界七大奇觀躍然紙上
在慕魯洞深根彩蝶的翅膀
寫進旅次如夢的心房
觀臺瞭望苦等一次表演
三百萬大軍壓陣又迴轉
嘆為觀止的姿勢，蝙蝠

齊集分批穿過雲霄
出洞，探路向我飛來

二〇一三年六月一日慕魯洞國家公園之旅補遺，莎阿南

遨遊

飛上藍天之後
雪白雲層散佈大氣
偶有煙霧來襲
隨後隱密消失

金光射向機身
引擎窗外轟隆啟動
旅人伸展遨遊的起點
歸心推算驛站的路程

天空下的藍天
處處都是
肺腑的世外桃園

當我一把捉住遠行的虛榮
鄰座打鼾的入睡卻打亂了
久留太極的清夢

二〇一三年四月二十四日往北飛行中

航行日記

我把航行日記寫在夢裡
初學的艙板滑溜，搖晃
遠離碼頭瀟瀟風雨
這一天的槳櫓興致勃勃
看著風帆起起落落

我把航行日記帶到船艙
和海水的鹽份同等重量
藉由羅盤向北直航

以為這是風浪的導向
卻孤獨擁抱旗杆遠遠在望的海洋

我把航行日記留在風中
寫信告訴澎湃的事蹟
以為船身排水的海量
足以饋贈流失傷寒
每日牽掛著萬里長空的家鄉

我把航行日記留在家裡
遠去時艙板上照著鏡子
日落西去，航程在夜雨
留住淚光往南回航
子夜把妻緊緊抱在夢裡

二〇一三年五月二十一日莎阿南

流螢取暖——紀念與美芬、芳如在瓜拉雪蘭莪甘邦關丹（Kampung Kuantan）一程螢火蟲生態之旅

入夜黃昏
金光從枝葉間悄悄沉落
河潮鱗片般閃過藍天
帶點濕潤天氣
小舢舨雙槳划動著長夜流連的航向
等候螢火蟲樹蔭下取暖

亭臺連接小碼頭
水清滑梯小舢舨
漲潮，氣溫等待出發升降
仰望水鄉佈設的天堂
在瓜雪甘邦關丹涼風
詩意滿滿

那是風浪和水潮
逆流而上
一把攬勝遙遠的星辰
在河岸高樹間挑逗
螢火的目光，一段
初訪者傳唱著生態的歌謠

遠離污染的河床
遠離鬧市喧囂
鋪陳臨近夜空船隊
順勢停靠流螢紛飛的小樹旁

當滿樹螢火蟲掛在
觸摸可及的枝幹上
思念同行搖櫓的師長
今夜艙板上緬懷
肉骨茶香的餞行飯菜
有如攝影機靜默捕獲
那一片黑白填滿
兩岸回航濛濛
夜露上落入胸口的月光

二〇一三年五月二十五日莎阿南

卷六

夢碎了

我們曾經有夢
伴隨年節走過幼苗初長的稻田

我們曾經引吭高歌
期待表演的狹窄舞臺
編織哀樂奏起的將來

三色奶茶

端看印度拉茶泡泡
清早的羅蒂煎耐翻身[1]
咖哩的味覺繞道前來
與早餐的好友如昔同臺

裹著香蕉葉飄傳香氣
辣死你媽進駐五臟廟[2]

1 羅蒂煎耐（roti canai）即印度燒餅。
2 辣死你媽（nasi lemak）即椰醬飯。

以鼻尖之蓓蕾品味簡餐
像平時的話題，口味的重量

肉骨茶香遺傳到濱海
每日夾住老鄉的口袋
鐵觀音濃得化不開，老友般
在茶室雲石桌上世紀等待

在三色奶茶沉澱前
杯中的倒影恍惚
隱蔽數十年老字號
餐桌前更迭的招牌菜

二〇一三年五月一日莎阿南

夢碎了

貼近處處旗海飄揚
道不盡話題的大地
直把流星推向冷冽的暗巷

背著貧脊書包
四十多年前的童年
在蔥綠鄉間
目睹一場土地的浴血

禍根潰爛了擴張的動脈
趕赴不能平靜的風雨

我們曾經有夢
伴隨年節走過幼苗初長的稻田

我們曾經引吭高歌
期待表演的狹窄舞臺
編織哀樂奏起的將來

但夢碎了
稻田湮滅了
山河更污穢了

二〇一三年五月一日莎阿南

陣雨

陣雨，細細傾訴
掉落草地上打轉
滾筒般流向河港

陣雨，急急催促
靠岸的漁船點火
這濕氣流連的長夜

陣雨，頻頻下著
奔向口岸的大河
湮沒了瘦長的身軀

陣雨，時而停歇
在轉彎處風狂起來
席捲昨夜微弱的哀號

二〇一三年五月三日莎阿南

開票夜第二天

當旗海飄散昨夜和以前
殘餘污垢及淚珠
車輛輾過了碎片
行人眼球突兀
在灰暗的五月六日凌晨
卻有蛙群四處
響徹霧氣濃密的窗外陰天
把不平靜昨夜喧騰翻臉
追問公義和平權

當搖擺不定高樹
折斷了枝幹剎那

颳大風來臨時刻
永遠颳不走遺失身邊
洗刷不盡，污穢而染紅的煙塵

當搖旗吶喊兵將蛇行
穿過暗巷捕捉潛逃的風影

颳大風來臨時刻
永遠颳不掉殘敗的地圖
一望無際，龜裂帶血的荒原

二〇一三年五月六日莎阿南

狂潮

千萬個聚焦的黑衣
在等待，在對準拍攝
人潮奔過馬路
人潮湧向體育館
人潮搖晃著夜空
人潮發出怒吼，站著背光
人潮匯集大海
人潮逆著狂風

人潮跳進貧脊黃土
歷史的狂潮

二〇一三年五月九日莎阿南

五月五

五月五退走了海嘯
沙灘民主依稀
被遊魂踩高
唯波浪深陷
船隻早已遠去
有一波沒一波飄蕩
在一處深山悄悄陣亡
面子書的黑影沾沾自喜
槍手射中紅心漸漸流血

在他們建構的高塔
狂勝的眼角流下慈悲的淚光
這個季節黝黑，貓眼閃失
一個乞丐街頭吶喊
給我平靜，和安定的冬眠

風雨走來又是風雨過去
在馬來西亞我的家園
一束康乃馨等待凋謝
一個清晨激情地擁抱太陽
在黃昏的河道上
等一盞微亮的燈火
在暗流中向兩岸追捕星光

也有失聲族裔擊鼓
鑄造了瘋語的藍天

更有喧嘩選戰狂勝
舉杯碰向引誘的歡顏

在一排濛濛煙霧的後巷
一早就有野狗流浪
啣著枯萎的舌根
向一群黑衣靜坐者狂吠

五月五是不是海嘯
五月五，沒有回過神的濤聲大海

思索，風平浪靜之後
洶湧的暗潮再覓航道

二〇一三年五月十日莎阿南，第十三屆全國大選後第五天

五月

看不清是霧還是露珠
摸不透來訪者心思
無傘艷陽下
走進城市的惡客
攤販旁撿拾爛蘋果
模仿暴力影片的角色
向高樓搖晃中隱去

五月萬人空巷
黑潮逆向倒退

擠進一張發霉海報
神似枯乾遊魂的居所

一張臉傾斜向暗處
兩隻眼睛緊盯著地圖
移動的腳步踏上歧路
編列各自回家的隊伍

五月擎起旗海風暴
五月海嘯衝擊河床
五月在鼓陣中變臉
五月改換了漩渦
深夜的顏色

在茫茫大海捕撈
稀少的魚餌
棄船而去的碼頭
向五月靜悄悄地說
你的航程已錯過

二〇一三年五月十二日莎阿南

碎裂

撕裂群眾的胸膛
吶喊湧進黑鴉狂浪
臉書狂飆無孔不入
大小通吃的網站
不眠之夜頻頻攻佔
一望無邊發電緩慢
這塊土地脆弱的燈光

要脅不實蠕動蛇形
無所不在那隱蔽狂歡
寫了一則掉入陷阱
拖垮橫過生命線的謊言
謊言中飛竄的謊言
勾結未經洗滌的肉身
在街頭禱告膜拜
還是謊言

二〇一三年五月二十六日莎阿南

秋後算帳

喧騰和歡慶的草原
鋪設一張紅地毯
佈置許多紅衣彩球
拉響了紅色警報

政治演講振振有詞
風暴中收集黑色流言
流動到廣場聚焦的黑潮
群眾變成神祕黑影共犯

向寒風的早晨致敬
家是避風港，家是
一道透明且微暗的玻璃窗
警察局扣留所隔離後巷
流浪漢寫上黑色字句
人命芻狗，無所依附
向鐵絲網圍牆的旗竿頻頻哀號

二〇一三年六月一日莎阿南

正義，正義

擴音器臺上搔癢
口沫橫飛的氣燄
嘶吼的嘴巴發炎
比手劃腳銜接粗話謾罵
他媽的
哪個王八
隨便灑尿

吹過的冷風拍手
群眾大會赤裸衣服
三字經是黑煙排氣管
掃蕩了正義嘴臉卸妝
陰森，狂飆的吶喊
有毒氣的泡沫流入下水道
海納百川啊
排污的隧道才能裝滿

大街小巷海報
掛上口號大是大非招搖
強勁的風暴低估了
電腦網路搖旗吶喊
助陣手中一票，飄散

五月五，換政府
宴席如過街老鼠
大小通吃，口角升級
火箭升空，兩片彎月不亮
天色陰霾不能燒烤
月亮代表我的心嗎
在黑夜，在
一條沒有出路的河床
在陰溝裡翻轉

正義，正義是政客的狂旗
火神吞噬板屋時
國會議員穿著睡衣
半夜拯救消防局

正義，一路排山倒海的正義
反風，一鼓作氣橫斷的反風

正義，正義正在傷風
患病是我的喉嚨

正義，正義是一場惡夢
政客嘴角的毛毛蟲

二〇一三年六月十日莎阿南

污泥

當中年的眼淚
可以溫暖身體
祭祀的貢品離開海岸
冷風的旗號打翻了巨浪
時間衝向下水道
污穢的濁水湧現暗潮

當命途多舛的酸雨
自屋簷涓涓落下

與地上的蟲蟻密談
這晴空的顏色
走進海洋吹襲煙霾
屋外滿滿的垃圾塵埃
席捲了昔日畫面的風采

在污泥的黑地種菜
在翻耕的鬆土鋤草
貧脊有如乾涸
那遠遠招手的海港

二〇一三年六月十七日莎阿南

卷七

寫到我走

或者在粉牆的光纖流浪
設置己身蠻荒之孤島
一段一段重疊傳唱
讓時速寫在我的肩膀

在沒有車軌的鐵路上
在落荒而逃的森林裡
涉水而過的險灘
背棄強光，寫到我走

燈火通明

半甲子風風雨雨
愛人以半邊白髮
沐浴了家園和點綴的新居
走過田野稻草
走過大興土木新鎮
走進我，不曾平靜的夢裡
半甲子風風雨雨
對著晚歸還沒熄燈的腳步

對著窗外遲來的月影
投射到遠方，滾燙的目光
一雙手，等我回家開門

半甲子風風雨雨
來到風雨人間
渴慕的深影是孩子
漸漸長高的無限視線
有點累了，數著石階
想到愛妻耳邊的對白
承諾的風吹起
小房寬廣，暖暖散發
整夜燈火通明

二〇一三年五月十一日莎阿南

想不完的心事

母胎十月心跳如火
初生呱呱墜地
啣著手指頭
爬動似虎，男孩
的心事

腰椎挺直之後
漸漸好奇班上白衣天使
甜蜜的微笑生澀

掛在心中一朵蓓蕾
思念像弓箭
竟暗藏無限牽掛
串連起來像月亮
時暗時明

男人永遠有想不完的心事
正好寫詩，像俳句
擺在書架上張望
給路過心動的女孩
閱讀

二〇一三年五月十二日莎阿南

日子

烏雲隱去
陽光如常
走進芭蕉椰林
那些童話的日子

健步如飛
引吭高歌
走進寬廣長廊
那些雀躍的日子

彎腰駝背
拉長影子
掌聲受傷瞬間
那些想家的日子

留下微笑的眼淚
讓爐火烘乾
留下連串的鎖匙
向死亡投靠
風起的時候
帶走了向晚的彩照

二〇一三年五日十三日莎阿南

心事

洗掉沾滿污垢衣服
脫下獸皮的外套
這個季節迎接海鷗
翱翔在岸外的沙灘

長堤停靠啟航風帆
歸燕啣著隱沒的消息
在還未發出訊號的船艙
結集海底蝦群

和喜慶的魚尾共舞
向一艘還沒開動引擎
駛向遠洋的大船致敬

航程萬里風聲
心事很長，夢
逐在想念時縮短

二〇一三年五月十三日莎阿南

寫到我走

詩潮如落葉澎湃
回味荒地一路燒烤
當野豬出沒深山
帶來一陣不屑的狂語

雨傘和雨水背光
街燈照在潮濕的滾軸上
向長夜作出深海的告別
寫到我的手機螢幕上

或者在粉牆的光纖流浪
設置己身蠻荒之孤島
一段一段重疊傳唱
讓時速寫在我的肩膀

在沒有車軌的鐵路上
在落荒而逃的森林裡
涉水而過的險灘
背棄強光，寫到我走

二〇一三年五月二十四日衛塞節，莎阿南

鼓陣

當深情的蜜汁
在風雨追求
人影變得無縱消弭了迷惑

當怨恨的狂言
在陰天散播
承諾變為近褻強求的瓜果

當邂逅的花卉
在暗房漂落
愛情變成失之交臂的孤島

紛紛墮落花果
在昨日之晨
今宵之鼓陣
撕成碎片，分不開
每次企圖吶喊的瞬間

二〇一三年五月二十六日莎阿南

童謠和鹽

摩天大樓擎天強光
照著月亮
一座魚尾獅身遠眺
望向遼闊海灣
一隅是陸地山脈
另一邊泥沼紅樹林
築成海岸線澎湃的城牆

吹起海風
吹起童謠和鹽的味道
燃燒著啟航的桅杆
濤聲不絕，雨珠來訪

在漁船向著碼頭的里程
留一處憩息地點
讓開水路回家的航線

在每個人尋覓的夢鄉
掀起旗號和大風一起飄揚

二〇一三年五月三十日莎阿南

滄海

一段曾經滄海的故事
一曲曾經燎原的歌譜
在風中翻山越嶺
在路上殷切傳唱

童年的夢語和現在軀體雙雙飛行

東南季候風帶著雨量
向東海岸半島狂烈吹襲

閃電水災蒸發怨氣
裹著滿懷的泥濘
天天下著大雨

打破容易受傷的氣泡
流連在生命呱呱墜地的哭笑

我們乘船出海捕撈
我們衝進自設的大網
遍體淤血上岸

二〇一三年六月三日莎阿南

迷惘——副題：夢，雨水和地心

夢找不到
航行的窗口

雨找不到
葉子的露珠

水找不到
靠岸的漁船

地找不到
銀河的星系
心找不到
璀璨的夜晚

二〇一三年六月四日莎阿南

詩人和端午

廟會裹粽比賽
啟動了五月五
黏膩無比的潮濕
走進通勝的百科全書
肉麻了形式端午

詩人節臨江沉潛北望
游來一條魚
啣著屈原的白髮

逆轉漩渦游移
向著亡魂的渡口奔去

二〇一三年六月十一日莎阿南

後記　寫焦慮的詩

李宗舜

《風夜趕路》詩集是我自二〇一二年十一月至二〇一三年六月間，以詩人的拙筆，沈潛的迎向風雨趕往未來，與繆思長期對話，地誌深切回憶，臺北神州詩社側寫，那些無奈和感傷，總常年圍堵，令人無法釋懷。

二〇一三年五月五日又逢政局遞嬗，瞬息萬變中，開始從迷惘中找回自我。我是誰，誰能取代我。唯有詩，才能在焦慮中尋覓成長的碩果。焦慮使血脈賁張，焦慮遺忘了自身，曾經有過那些不踏實的理想，這時停下來思索，光陰無風自動，即浪漫，浪子回頭，那麼多可詩的日子。

經歷了詩的昇華，嘔心瀝血的攀爪，到了山林，星星燃起亂局的聖火。驀然回首，方舟逆流初時的水鄉，風景線上屹立無數的路標：

風夜趕路，水道深遠
螢火蟲借去星光
流失在千里外荒漠
一盞燈剛亮，微醺
裝滿了濃郁行色
旅人的衣衫

共八十首新作，詩集成七卷，每卷一個主題。

詩卷一：鄉音和足印。那些湮滅在記憶中的圖章、地名、創作原鄉和遙遠的山城，像泥地的蚯蚓，游移在美羅河畔，故鄉的河床。臺北令人神清氣爽，臺北是詩的搖籃，傷感，一直在盆地中漂流，又回到昔日初訪，那許多充滿濕氣的凜冽風霜、雨滴。

詩卷二：啞女。那些清晨一起喝早茶的朋友，有時言不及義，有時事不關己。麵攤啞女比劃著她青春的手勢，時光在她的砂拉越手巧特製的麵條清湯中消失。

詩卷三：焦慮的詩。穿梭於熱帶雨季的城市森林，詩人在臉上掛著焦慮，風霜從日子的縫隙間滑落，無須清除，只有焦慮的詩，只有詩人寫焦慮的詩。

詩卷四：癸巳年行李。這一年是詩的豐收季，也是農曆癸巳年裝載著滿滿的，回家的行李，尋覓往昔華小早晨的校地，一晃就是六十年的風雨。

詩卷五：鹿洞奇觀。來到世界七大奇觀，馬來西亞砂拉越州慕魯國家公園的一大片雨林，百萬隻蝙蝠齊集於午後，剎那出洞的壯觀實在嘆為觀止，如果你不來，會遺憾的。

詩卷六：夢碎了。那場惡夢在大選五〇五，五月五日，一生最難忘記的日子，正義，正義，政客嘴角的毛毛蟲。

詩卷七：寫到我走。我希望文學的生命在我呼吸到最後一口空氣，寂然、恬靜，然後平靜離開。

好像悲觀了一點，忘了告訴你，我是悲觀的樂觀主義者。

就是因為特別珍惜眼前，所以更加努力當下，才不負當年初心，這是一種自律，啟發詩心，也是自我期許，這才對得起坐言起行的自己。就因為文友的互動和鼓勵，向前的動力才會一直持續。

只有大家努力筆耕，文壇才會興盛，文風才會流傳。這是沿襲天狼星詩社的文學初衷和血脈，神州詩社一往情深，那紅霞璀璨，生生不息，詩國餘韻，在半島中間。在花城延伸，在小房疾書，那些剎那間流逝的蹤影又重新回來，回到最初。

擺脫了過去緊綳的語彙蒼茫，現在面向高樓、高樹和高速公路奔馳，休息站短暫歇腳，又作另一旅程的前仆後繼。

二〇一四年一月十二日莎阿南

讀詩人44　語言文學類　PG1111

風夜趕路
——李宗舜詩集

作　　者　李宗舜
責任編輯　鄭伊庭
圖文排版　詹凱倫
封面設計　陳佩蓉

出版策劃　釀出版
製作發行　秀威資訊科技股份有限公司
114 台北市內湖區瑞光路76巷65號1樓
電話：+886-2-2796-3638　傳真：+886-2-2796-1377
服務信箱：service@showwe.com.tw
http://www.showwe.com.tw
郵政劃撥　19563868　戶名：秀威資訊科技股份有限公司
展售門市　國家書店【松江門市】
104 台北市中山區松江路209號1樓
電話：+886-2-2518-0207　傳真：+886-2-2518-0778
網路訂購　秀威網路書店：http://www.bodbooks.com.tw
國家網路書店：http://www.govbooks.com.tw
法律顧問　毛國樑　律師
總 經 銷　聯合發行股份有限公司
231新北市新店區寶橋路235巷6弄6號4F
電話：+886-2-2917-8022　傳真：+886-2-2915-6275

出版日期　2014年2月　BOD一版
定　　價　280元

Printed in Taiwan

國家圖書館出版品預行編目

風夜趕路：李宗舜詩集 / 李宗舜作. -- 一版. -- 臺北市：
釀出版, 2014.02
面； 公分. -- (語言文學類；PG1111)
BOD版
ISBN 978-986-5871-80-2 (平裝)

851.86 102026092

讀者回函卡

感謝您購買本書，為提升服務品質，請填妥以下資料，將讀者回函卡直接寄回或傳真本公司，收到您的寶貴意見後，我們會收藏記錄及檢討，謝謝！如您需要了解本公司最新出版書目、購書優惠或企劃活動，歡迎您上網查詢或下載相關資料：http:// www.showwe.com.tw

您購買的書名：________________________________

出生日期：________年________月________日

學歷：□高中（含）以下　□大專　□研究所（含）以上

職業：□製造業　□金融業　□資訊業　□軍警　□傳播業　□自由業

□服務業　□公務員　□教職　□學生　□家管　□其它_____

購書地點：□網路書店　□實體書店　□書展　□郵購　□贈閱　□其他

您從何得知本書的消息？

□網路書店　□實體書店　□網路搜尋　□電子報　□書訊　□雜誌

□傳播媒體　□親友推薦　□網站推薦　□部落格　□其他__________

您對本書的評價：（請填代號　1.非常滿意　2.滿意　3.尚可　4.再改進）

封面設計____　版面編排____　內容____　文／譯筆____　價格____

讀完書後您覺得：

□很有收穫　□有收穫　□收穫不多　□沒收穫

對我們的建議：________________________________

____

____

____

請貼
郵票

11466
台北市內湖區瑞光路 76 巷 65 號 1 樓
秀威資訊科技股份有限公司 收
BOD 數位出版事業部

（請沿線對折寄回，謝謝！）

姓　　名：＿＿＿＿＿＿＿＿　年齡：＿＿＿＿　性別：□女　□男

郵遞區號：□□□□□

地　　址：＿＿＿＿＿＿＿＿＿＿＿＿＿＿＿＿

聯絡電話：(日)＿＿＿＿＿＿＿＿（夜）＿＿＿＿＿＿＿＿

E-mail：＿＿＿＿＿＿＿＿＿＿＿＿＿＿＿＿